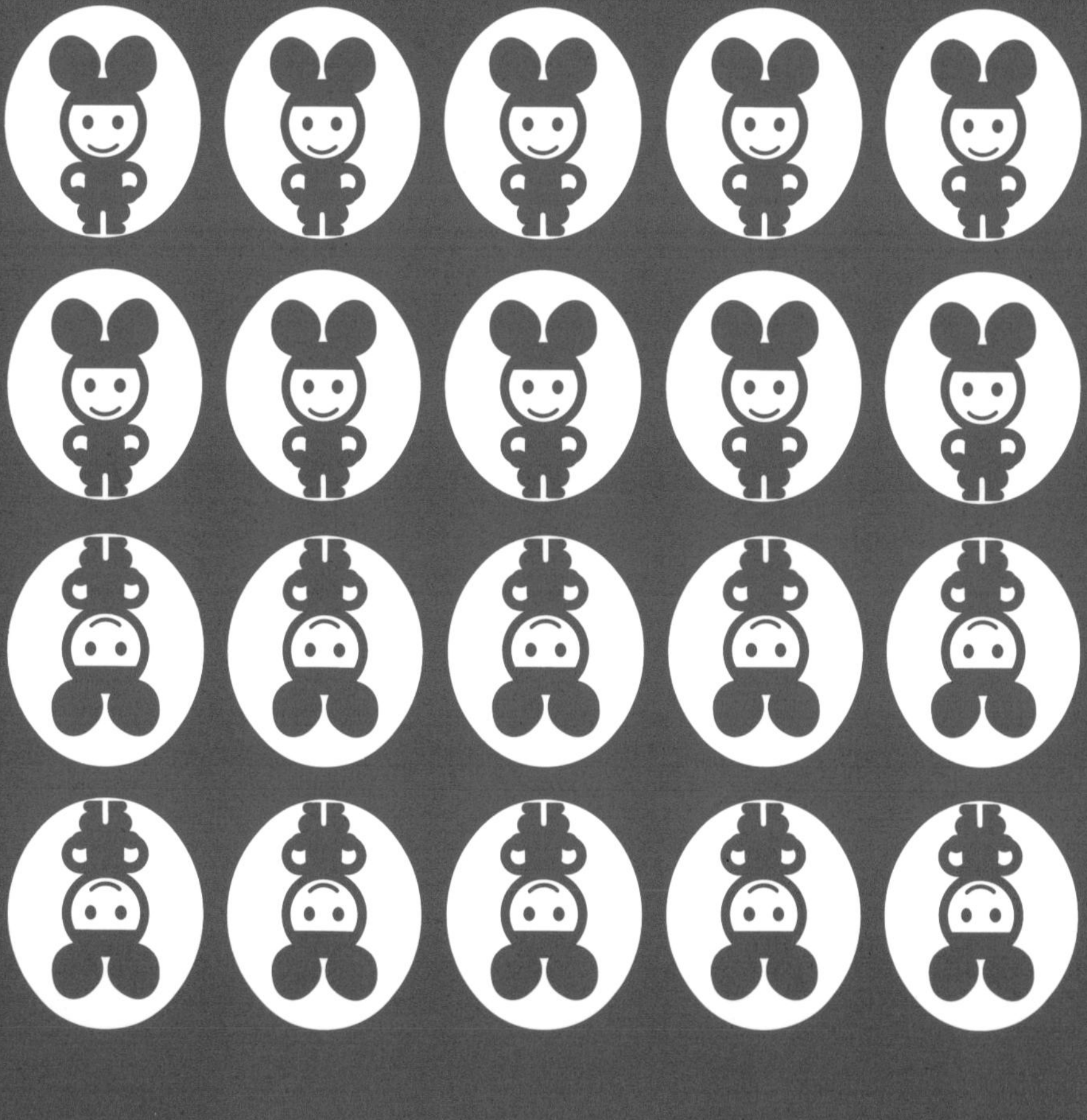

がっこうの おばけずかん

おばけにゅうがくしき

斉藤《さいとう》 洋《ひろし》・作　宮本《みやもと》えつよし・絵

みずのみばばあ……4
つくえくび……12
いちにちきゅうしょくがかり……26

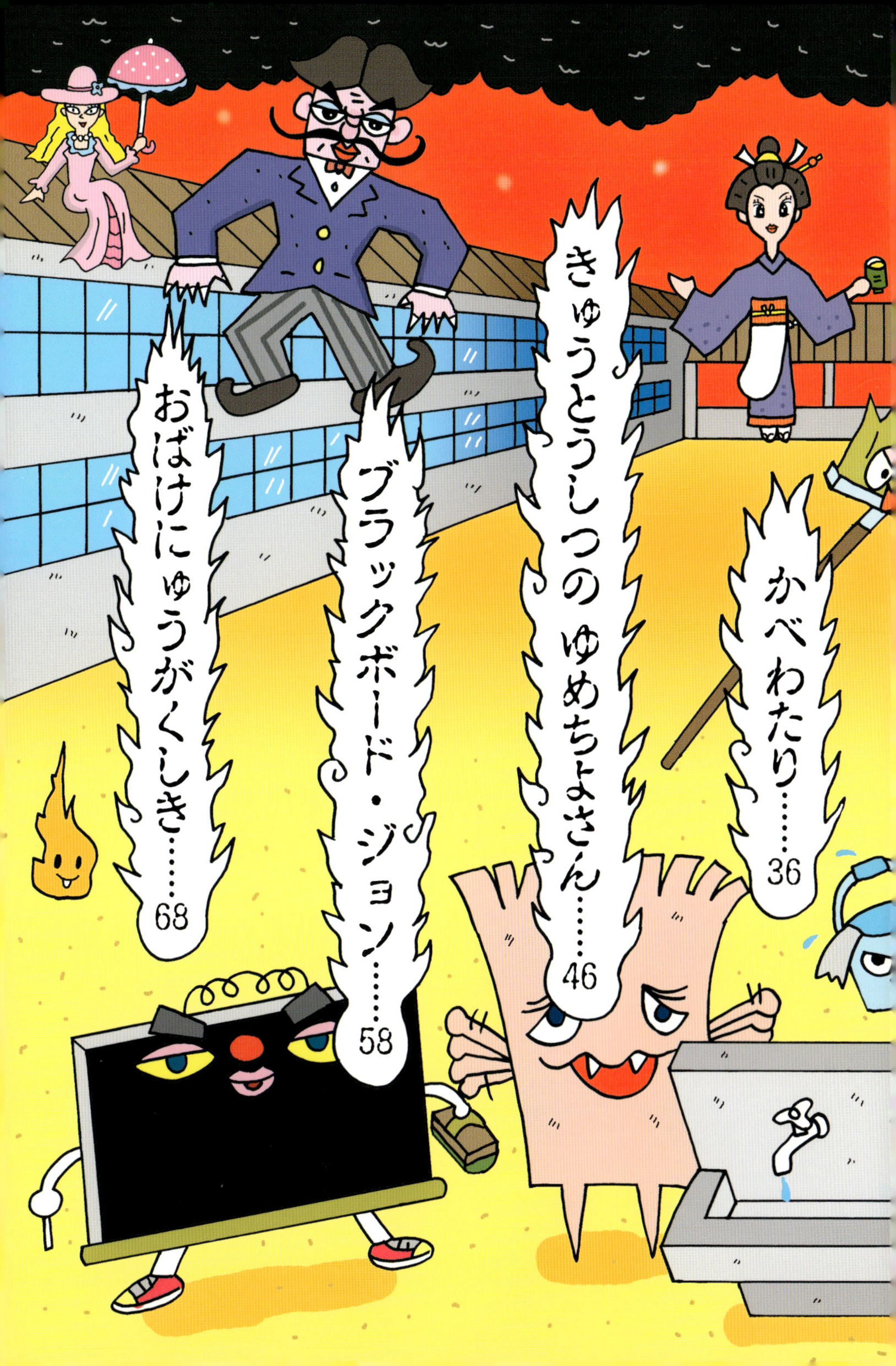
かべわたり……36
きゅうとうしつの ゆめちよさん……46
ブラックボード・ジョン……58
おばけにゅうがくしき……68

みずのみばばあ

みずのみばで、みずを　だしっぱなしに
しては　いけません。じゃぐちから、
みずのみばばあの　てが　でて　くる
ことが　あるからです。

てだけでは　なく、やがて、うでや　からだや
かおも　でて　きます。

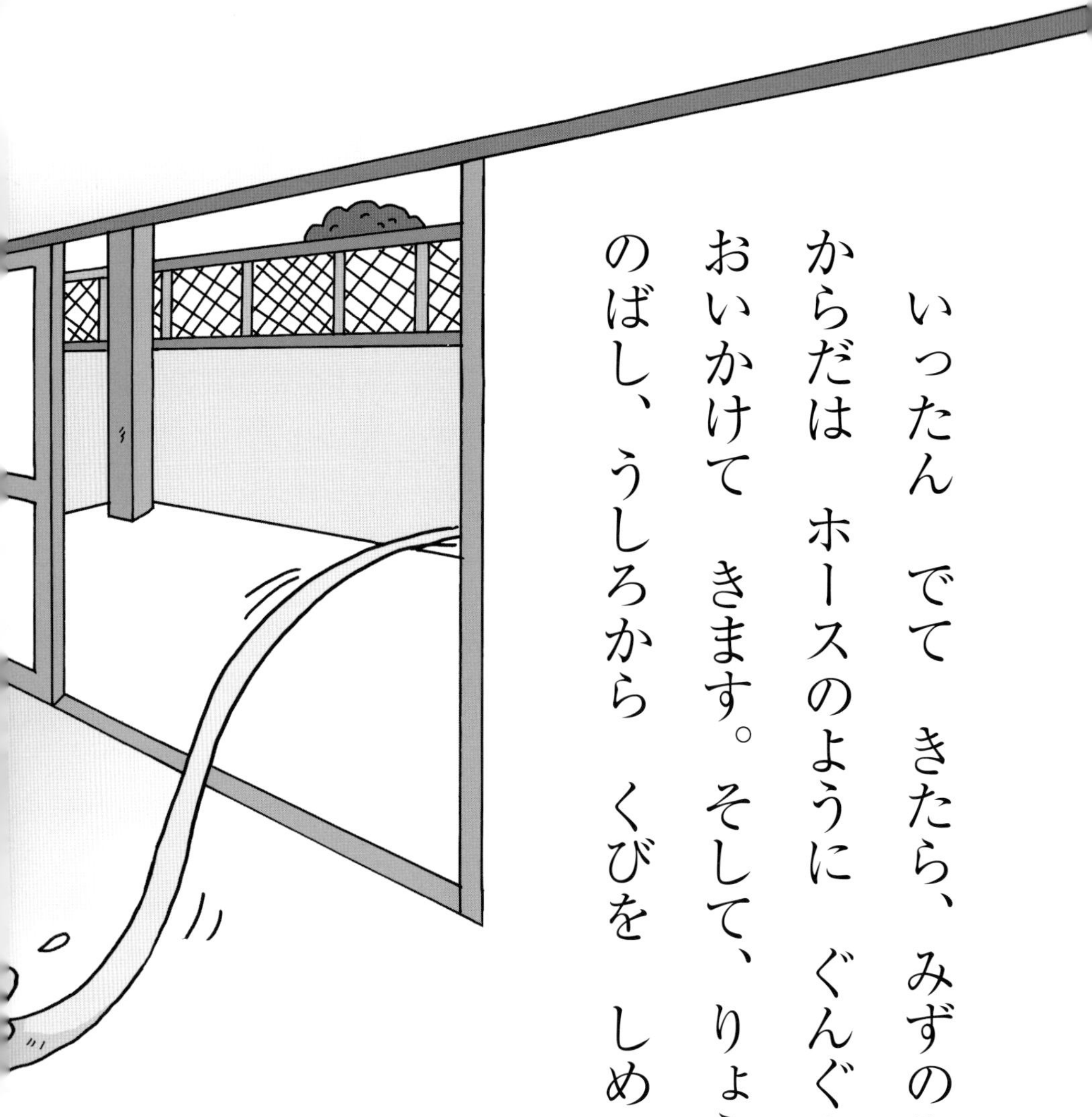

いったん　でて　きたら、みずのみばばあの
からだは　ホースのように　ぐんぐん　のびて、
おいかけて　きます。そして、りょうてを
のばし、うしろから　くびを　しめて　きます。

おばけずかん

でも、だいじょうぶ！　おちついて、
みずのみばに　もどり、じゃぐちを　しめれば、
みずのみばあは　きえて　しまいます。
だから、だいじょうぶ！
すいどうの　みずを　だしっぱなしに
しなければ、もっと　だいじょうぶ！

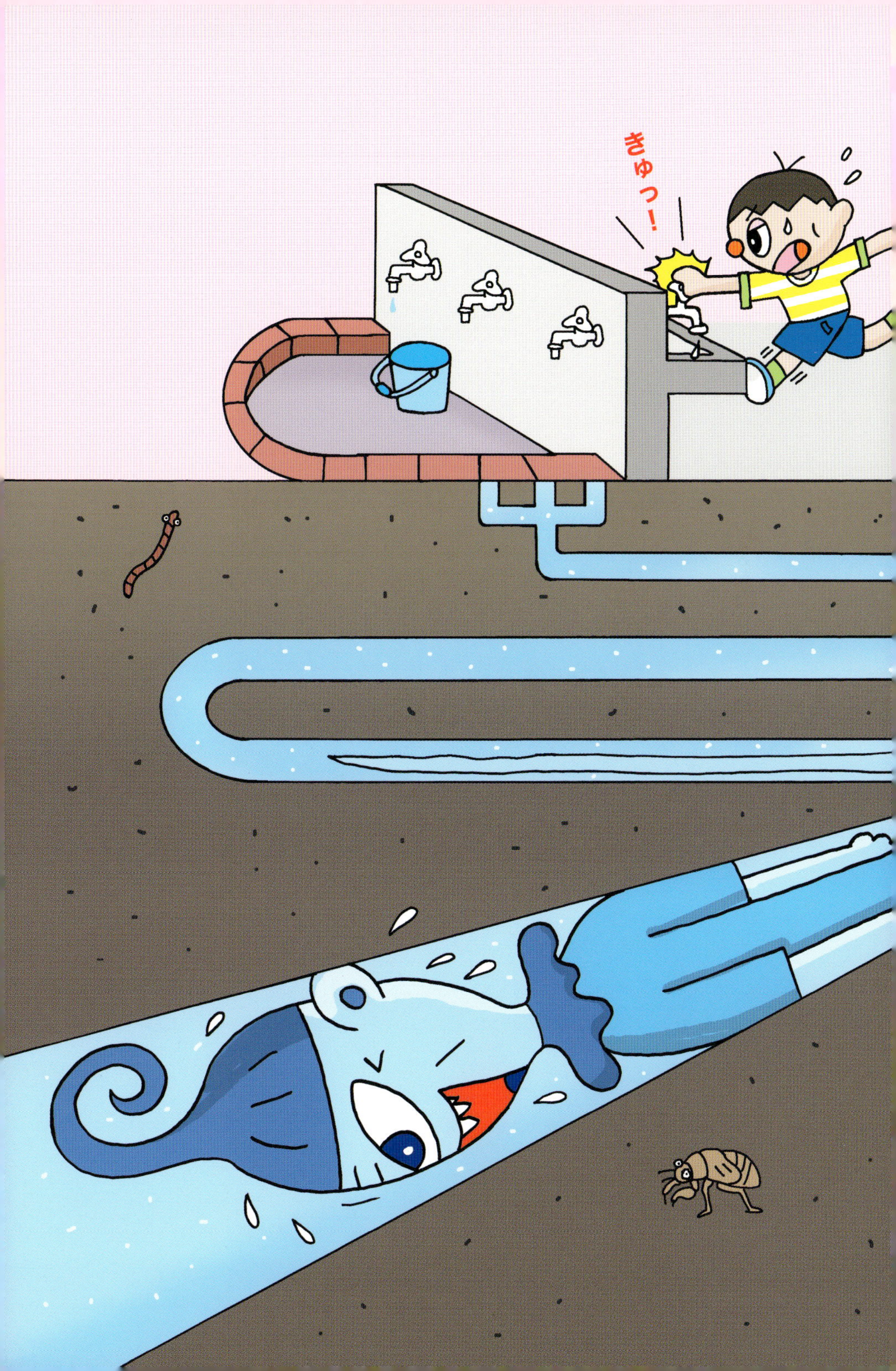
きゅっ!

つくえくび

きょうしつの　つくえの　なかに
わすれものを　して　とりに　いき、
わすれものが　みつかって、いすを　もとに
もどそうと　した　とき、ふと　つくえの
したを　みると……。

かおだけと　いうか、あたまだけと
いうか、とにかく　くびから　うえだけが
そこに　あり、それが　こちらを
みて　いる　ことが　あります。
それが　つくえくびです。

みて　いるだけで、とびかかって　きたりは
しません。だから、その　ばは　だいじょうぶ。
けれども、ひとりで　うちに　かえる　とき、
すれちがう　ひとが　みんな、こちらの
かおを　みて、こわがったり、おかしがったり
して　いきます。

OBAKE
茶
ファッション
おいしいおちゃ
ABC

へんだと　おもい、うちに　かえって、
かがみを　みると、なんと、じぶんの　かおが
さっき　つくえの　したに　あった　かおに
かわって　いるでは　ありませんか！

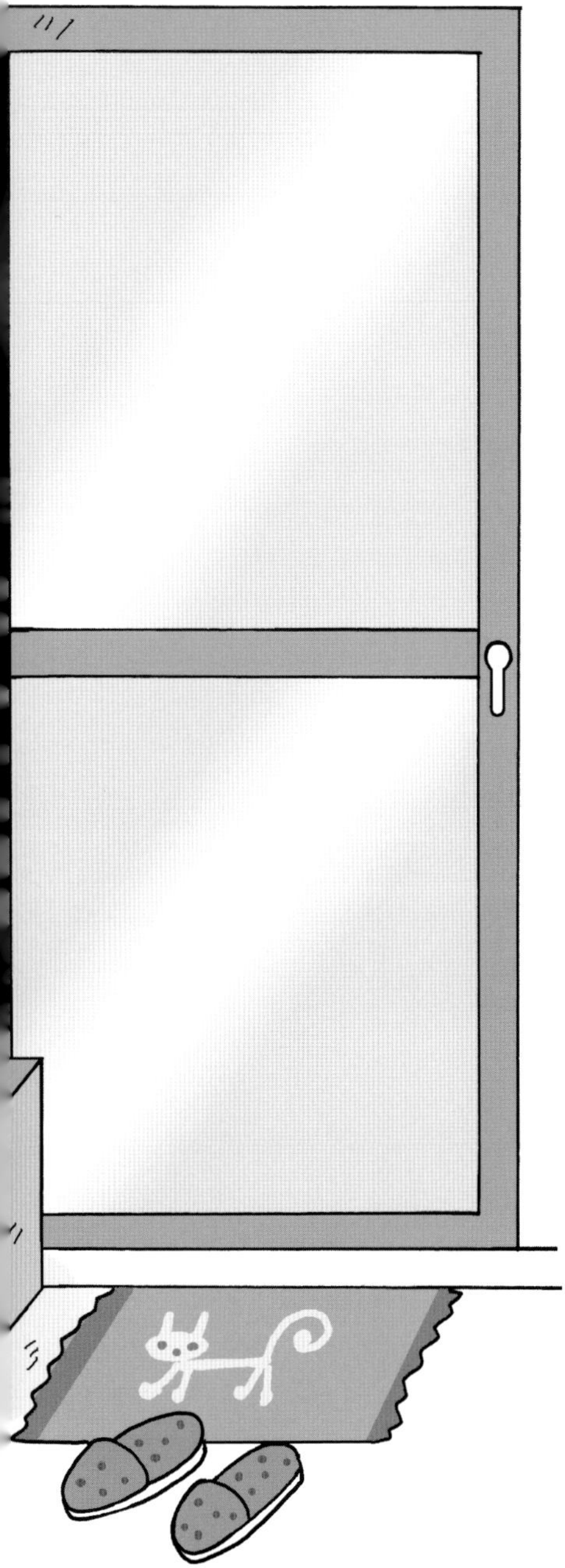

でも、かわって　しまったのは、かおだけで、
からだは　もとの　ままだから
だいじょうぶ……、なんて、そんな　ことを
いって　いる　ばあいでは　ありません。
ほうって　おけば、いっしょう、かおは
その　ままです。

でも、だいじょうぶ！
もう　いちど　がっこうに　もどり、つくえの
したを　みて　みると、そこで　じぶんの
くびから　うえが　まって　います。

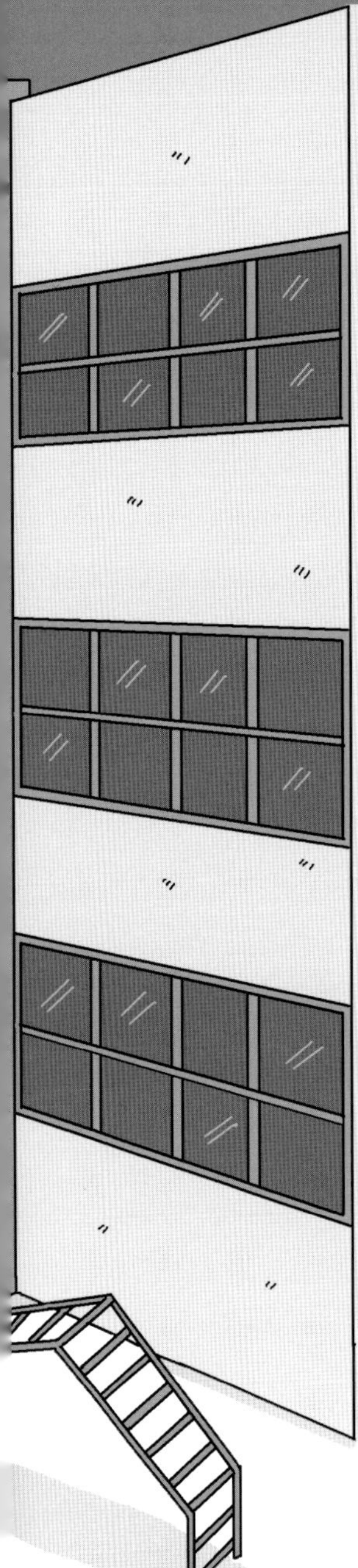

「むかえに　きたよ。」
と　じぶんの　かおに　いえば、その　ばで
かおは　もとに　もどります。だから、
だいじょうぶ。
つくえくびは　いっしょうに　いちどしか
あらわれないから、それきり　もう　あう
ことも　ないので、だいじょうぶ！

いちにちきゅうしょくがかり

いちにちきゅうしょくがかりは、
きゅうしょくの　ときに　あらわれて、ほかの
きゅうしょくがかりたちを　てつだいます。

たのしい
きゅうしょく

その　ときは　おなかが　すいて
いるから、いちにちきゅうしょくがかりが
いる　ことに　みんな　きづかなかったり、
きに　しなかったりです。

きゅうしょくが　おわると、
いちにちきゅうしょくがかりは　いなく
なって　しまいます。
あの　こは　だれだったのだろうと
あとで　みんなに　きいても、その　この
ことは　だれも　おぼえて　いません。

バイ
バイ
?

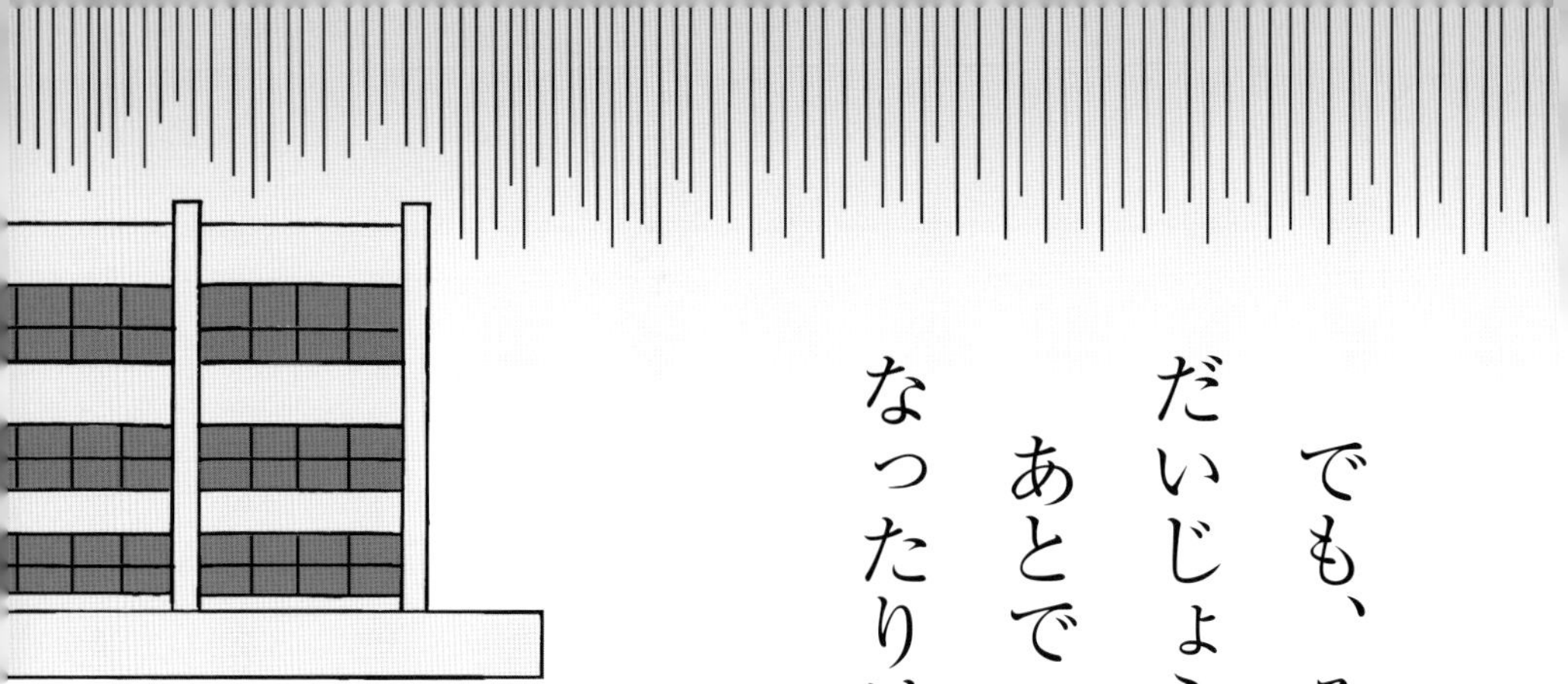

でも、それだけの　ことだから
だいじょうぶ。
あとで　みんなの　おなかが　いたく
なったりは　しないので、だいじょうぶ！

いちにちきゅうしょくがかりは
一《いち》にちだけ　あらわれて、つぎの　ひは
ほかの　がっこうに　いって　しまいます。
その　ひの　きゅうしょくがかりの　ひとは
てつだって　もらえて、よかったね。
あしたは　ちゅうがっこうに　いくかもです。

かべわたり

テストの　とき、しいんと　して　いる
きょうしつで、どこからとも　なく、ちいさな
おとが　きこえて　くる　ことが　あります。
みみを　すますと、おとは　かべの
なかからです。

コトコト、コツコツ……
えっ！
おばけずかんしんぶん
BUTA

ろうかの　かべを　だれかが
たたいて　いるのでしょうか。
いいえ、ちがいます。それは、かべわたりが
あるく　おとです。かべわたりは
きょうしつを　かこむ　かべの　なかを
とおって、がっこうじゅう、あちこち
わたって　いく　おばけです。

1年1組
コトコト、コッコッ……
コトコト、コッコッ……

しばらく　すると、　おとは　しなく　なり、
どこかに　いって　しまうから　だいじょうぶ。
かべわたりは　ふだん、　かべの　なかから
でて　こないので、　みた　ひとは　いません。
しょうたいも　わかりません。

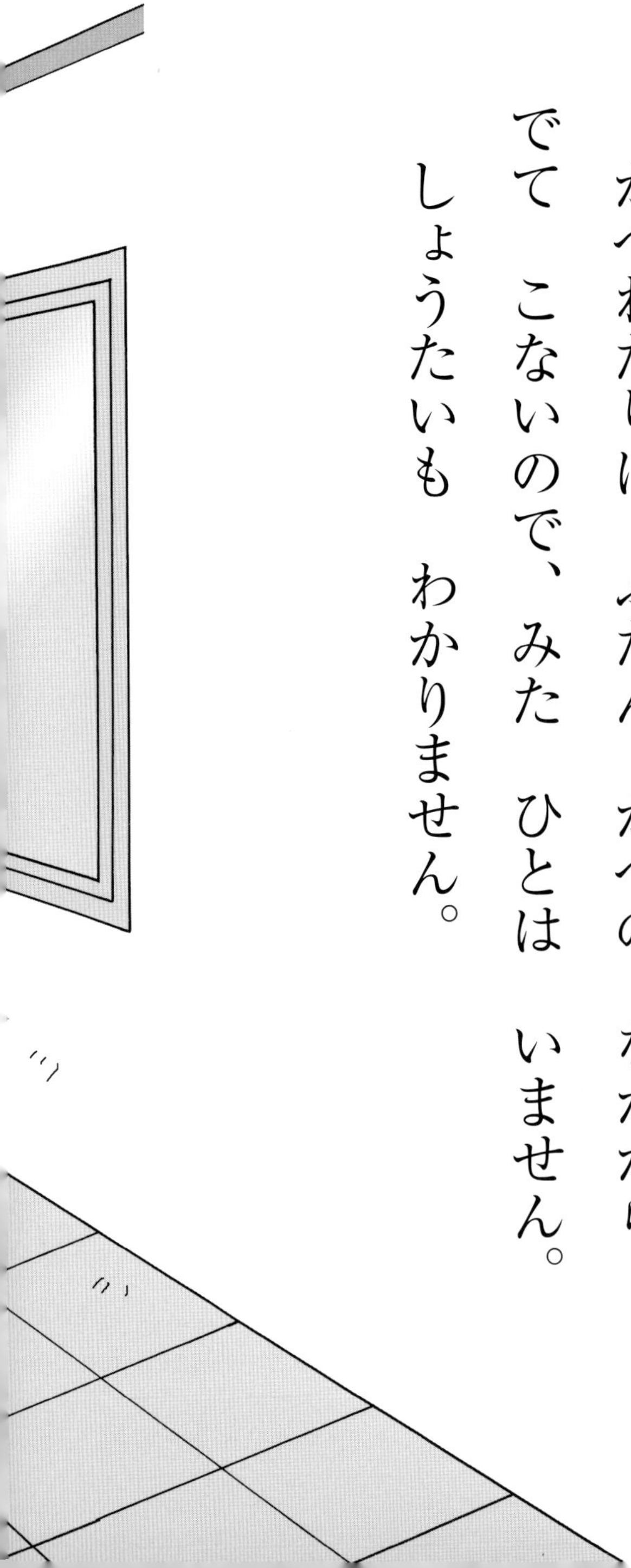

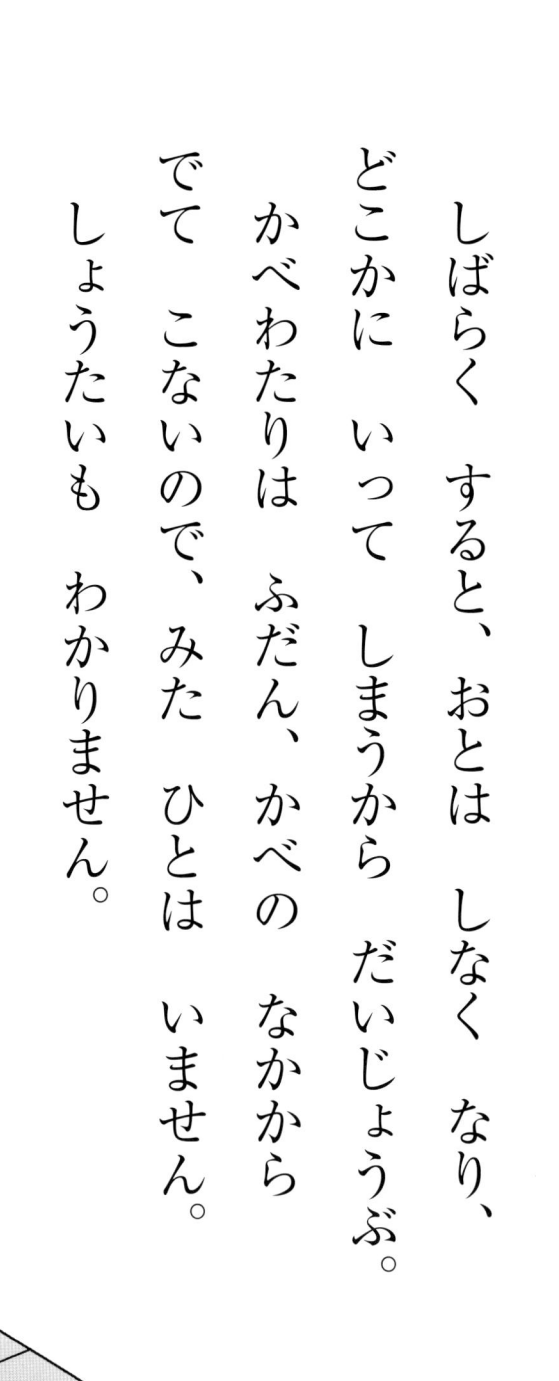

コトコト、コツコツ……

わからなくても、だいじょうぶ。
でも、おとを　うるさがって、かべを
たたいたり　すると……。

うるさい！しずかに　しろ！

その　ひの　よる、たたいた　ひとの　うちの
かべの　なかに　やって　きて、ひとばんじゅう
さわぎます。
うるさくて、とても　ねむれません。
まあ、ひとばんくらい　ねむらなくても、
だいじょうぶかも……。

ドッカン、ガンガン！

ドッカン、ガンガン！

きゅうとうしつの　ゆめちよさん

きゅうとうしつのゆめちよさんは、
ほうかご、しょくいんしつの　そばの
きゅうとうしつに　あらわれます。
もちろん、ものすごい　びじんです。
にほんがみを　ゆい、きれいな
きものを　きて　います。

きゅうとうしつ
せいけつ
せいとん

そして、おとこの　せんせいが
きゅうとうしつに　はいって　いくと、
「あら、せんせい。おちゃは　いかが？」
と　やさしく　こえを　かけて　きます。
「すみませんねえ。」
とか　なんとか　いって、だされた
おちゃを　ごちそうに　なって　しまうと……。

もちろん　ただでは　すみません。
せんせいが　おちゃを　ひとくち　のんだ
しゅんかん、ゆめちよさんの　くちが
ぐわっと　ひらき、たちまち　せんせいの
あたまは　ゆめちよさんの　くちの　なか！

クッチャ
クッチャ

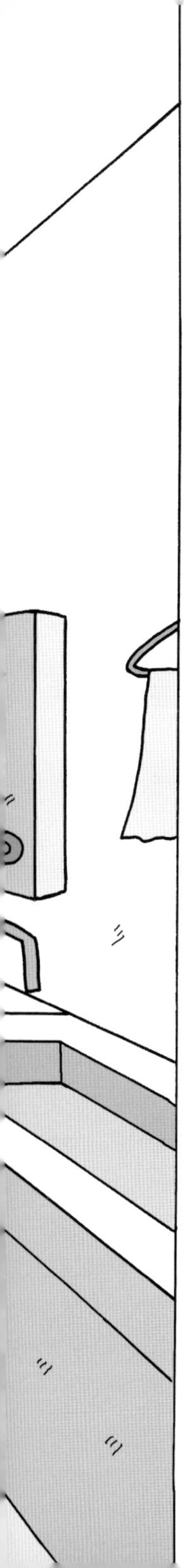

その　つぎの　しゅんかんには　もう
せんせいの　すがたは　どこにも　ありません。
うまい　ぐあいに、せんせいは　どこかに
にげる　ことが　できたかな？
そういう　ことは　ないでしょうねえ……。

ふふふ……

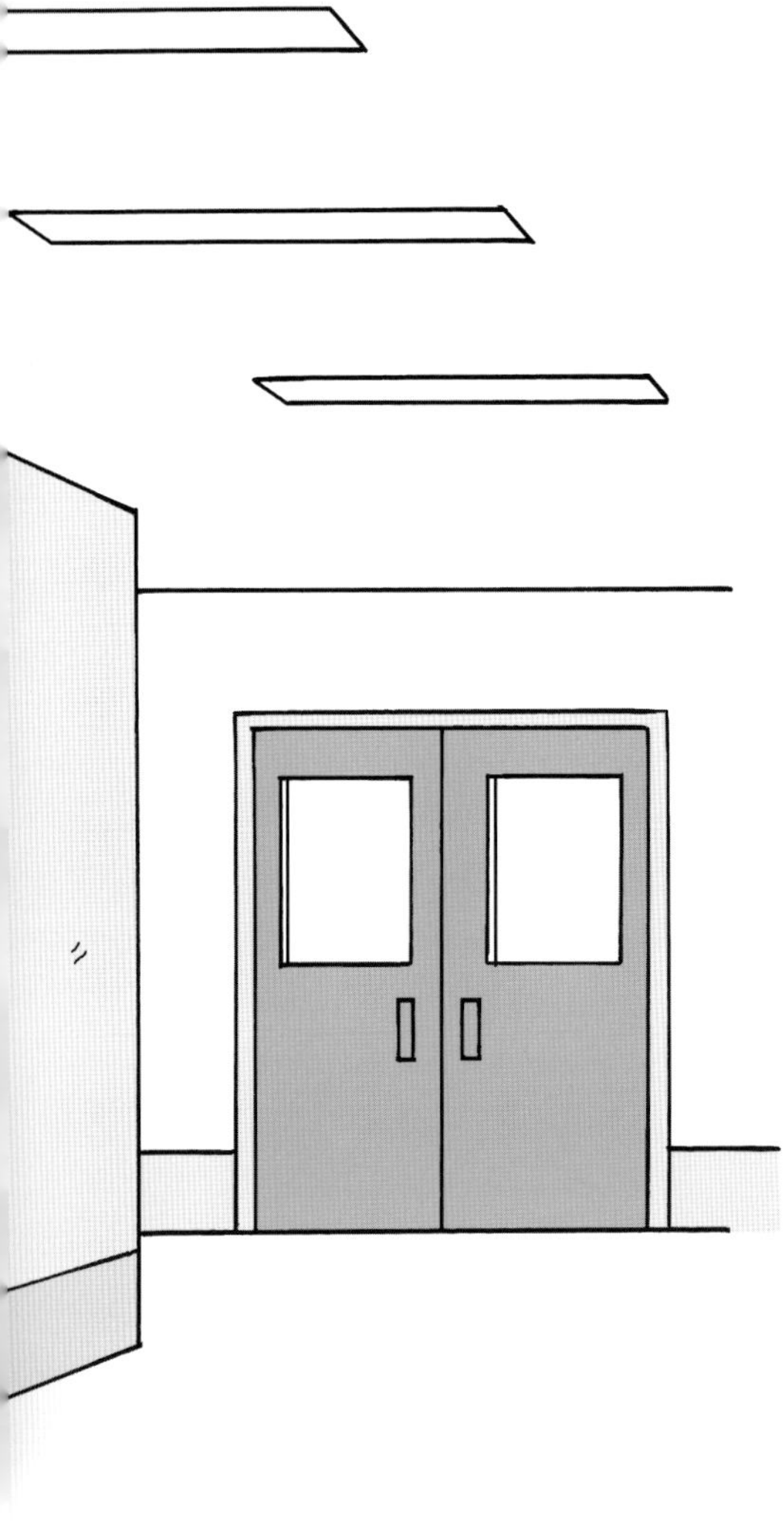

でも、だいじょうぶ！
きゅうとうしつで、きものすがたの
きれいな　おんなの　ひとに、おちゃを
すすめられても、ことわれば　だいじょうぶ。

いえ、けっこうです。おちゃなら　じぶんで　いれますから。
せいけつ　せいとん
きゅ

また、ゆめちよさんは　こどもと　おんなの
せんせいには　きょうみが　ないようです。
だから、こどもと　おんなの　せんせいは
さいしょから　だいじょうぶ！

ふん

ブラックボード・ジョン

ふつう、こくばんは　みどりいろです。でも、ブラックボード・ジョンは　まっくろです。あさ、いちばんに　きょうしつに　いったとき、こくばんが　くろく　かわって　いたら、きを　つけましょう！

きょうも
えがおいっぱい
川

それは、ブラックボード・ジョンが
いままでの　こくばんと　すりかわって
いるのです。ですから、さわっては　いけません。
おもしろがって、おばけの　えなんかを
こくばんに　かいて　しまうと……。

かきあがった　しゅんかん、がちゃがちゃと
おとを　たて、きょうしつの　ドアと　まど
ぜんぶに、かぎが　かかって、なかからは
あかなく　なります。そして、こくばんに
かいた　おばけが　とびだして　きて、
かいた　ひとを　おいまわすのです。

あいさつしましょう。

あさ　二《に》ばんめの　だれかが　きょうしつに
はいって　くるまで　かぎは　あきません。
だれかが　くると、ブラックボード・ジョンは
きえます。そして、こくばんも　もとの
みどりの　ものに　もどって　います。
だから、だれかが　くるまで、きょうしつで
にげまわって　いれば　だいじょうぶ！

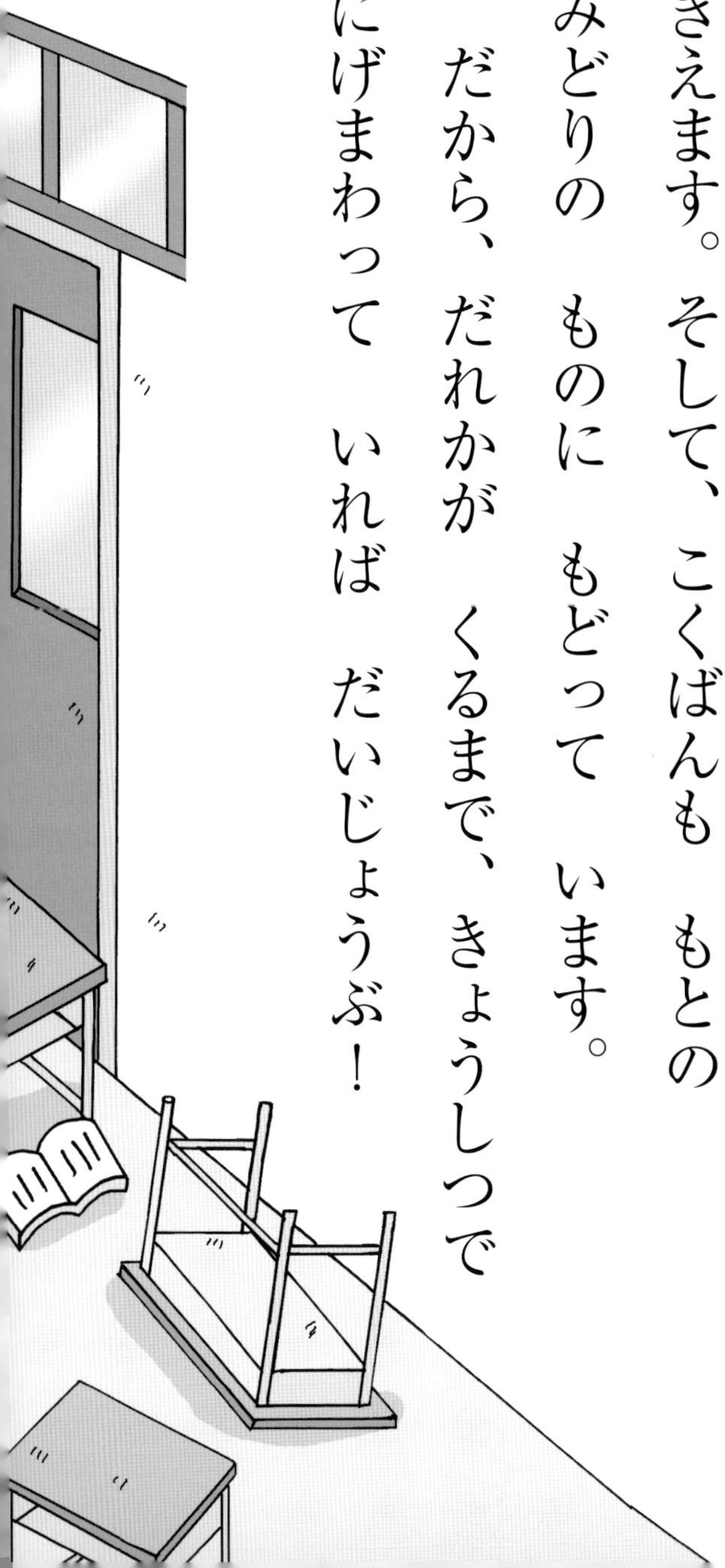

たすけて〜

もし、ブラックボード・ジョンに、おばけの
えでは　なく、ケーキの　えなんかを　かいても、
ケーキは　でて　きません。かいても、
おばけしか　でて　こないのが　とくちょうです。
ですから、かわいい　おんなの　この　えを
かいても、でて　きません。
だから、だいじょうぶ……って、なにが？

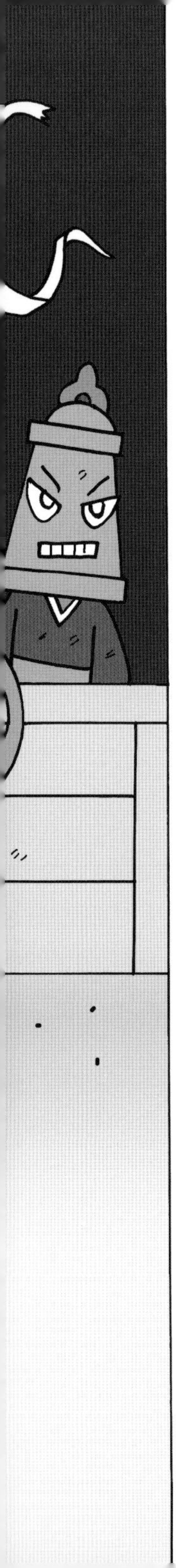

おばけにゅうがくしき

おばけなら、だれでも　いつでも　すぐに、がっこうの　おばけに　なれるのでしょうか。いいえ、ちがいます。おばけが　がっこうで　かつやくする　ためには……。

ねんに　いちどの　おばけにゅうがくしきに
でなければ　なりません。
どんな　がっこうの　おばけでも、
おばけにゅうがくしきに　でて　いるのです。

ごにゅうがく、おめでとう　ございます。
みなさんは、こんやから　はれて、
がっこうの　おばけに　なられる　わけで……。

でも、だいじょうぶ！
おばけにゅうがくしきに　でさえ　すれば、
だれでも　がっこうの　おばけに　なれます。
ですから、がっこうの　おばけは
どんどん　ふえて　いくのです。

おくれて、すみません。
まだ、まにあいますか？

もちろん、がっこうを　そつぎょうして　いく
おばけも　いますが、そういう　おばけは
あまり　おおくは　ありません。
おとなより　こどもの　ほうが　おばけを
こわがるからでしょうか。

さようなら
バイバイ
いらっしゃい!

いいえ、がっこうが　たのしいからでしょう。
みなさんも、いつか　おばけに　なったら、
がっこうに　いらっしゃい！
だいじょうぶ！　にゅうがくしけんは
ありません。

作者・斉藤　洋
〔さいとうひろし〕

昭和二十七年、東京生まれ。おもな作品に、「ペンギン」シリーズなど。がっこうのおばけはどんどんふえつづけています。これからもふえるから、だいじょうぶ！

画家・宮本えつよし
〔みやもとえつよし〕

昭和二十九年、大阪生まれ。おもな作品に、「キャベたまたんてい」シリーズなど。こんなにたのしいおばけがいっぱいいるならもういちどがっこうにいってみたいです。

シリーズ装丁・田《た》名《な》網《あみ》敬一《けいいち》

どうわがいっぱい⑯

がっこうのおばけずかん
おばけにゅうがくしき

2015年 8 月25日　第1刷発行
2022年 2 月21日　第9刷発行

作者　斉藤《さいとう》　洋《ひろし》
画家　宮本《みやもと》えつよし

発行者　鈴木章一
発行所　株式会社 講談社
〒112-8001 東京都文京区音羽2-12-21
電話　編集　03(5395)3535
販売　03(5395)3625
業務　03(5395)3615

N.D.C.913　78p　22cm
印刷所　株式会社 精興社
製本所　島田製本株式会社
本文データ作成　脇田明日香

KODANSHA

ISBN978-4-06-199605-2

おばけずかんシリーズ

斉藤 洋・作　宮本えつよし・絵

うみの
おばけずかん

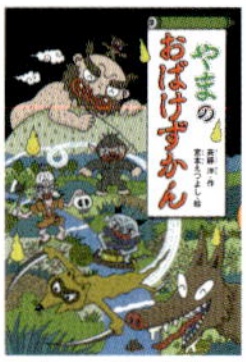
やまの
おばけずかん

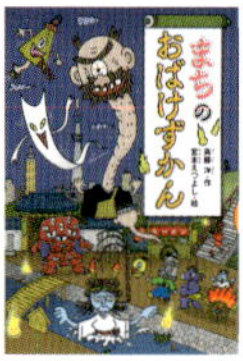
まちの
おばけずかん

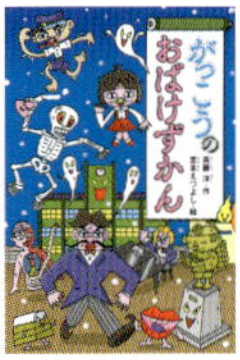
がっこうの
おばけずかん

がっこうの
おばけずかん
ワンデイてんこうせい

がっこうの
おばけずかん
あかずのきょうしつ

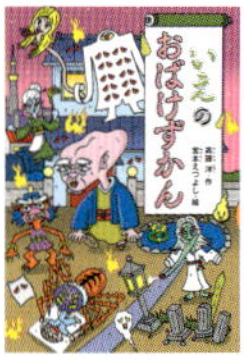
いえの
おばけずかん

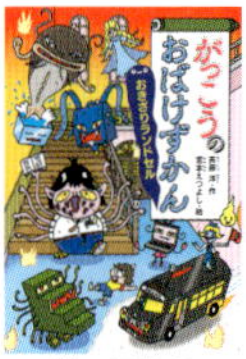
がっこうの
おばけずかん
おきざりランドセル

のりもの
おばけずかん

がっこうの
おばけずかん
おばけにゅうがくしき

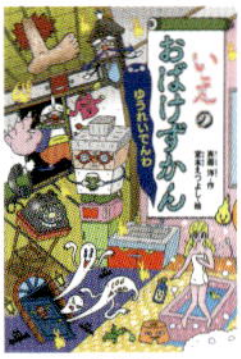
いえの
おばけずかん
ゆうれいでんわ

どうぶつの
おばけずかん

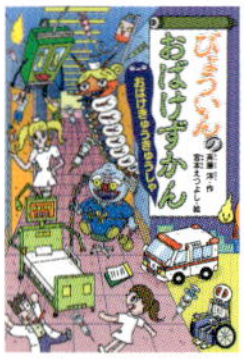
びょういんの
おばけずかん
おばけきゅうきゅうしゃ

いえの
おばけずかん
おばけテレビ

びょういんの
おばけずかん
なんでもドクター

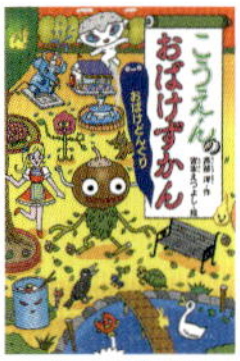
こうえんの
おばけずかん
おばけどんぐり

いえの
おばけずかん
ざしきわらし

オリンピックの
おばけずかん

みんなの
おばけずかん
あっかんべぇ

こうえんの
おばけずかん
じんめんかぶとむし

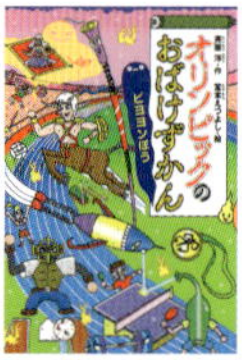
オリンピックの
おばけずかん
ビヨヨンぼう

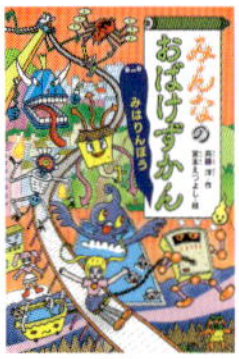
みんなの
おばけずかん
みはりんぼう

レストランの
おばけずかん
だんだんめん

しょうがくせいの
おばけずかん
かくれんぼう

えんそくの
おばけずかん
おいてけバスガイド

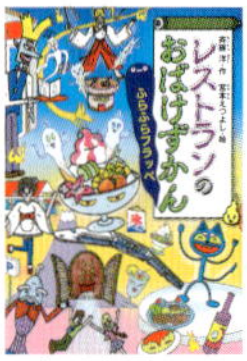
レストランの
おばけずかん
ふらふらフラッペ

まちの
おばけずかん
マンホールマン

がっこうの
おばけずかん
おばけいいんかい

おまつりの
おばけずかん
じんめんわたあめ

だいとかいの
おばけずかん
ゴーストタワー

まちの
おばけずかん

2022年3月
刊行予定

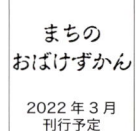

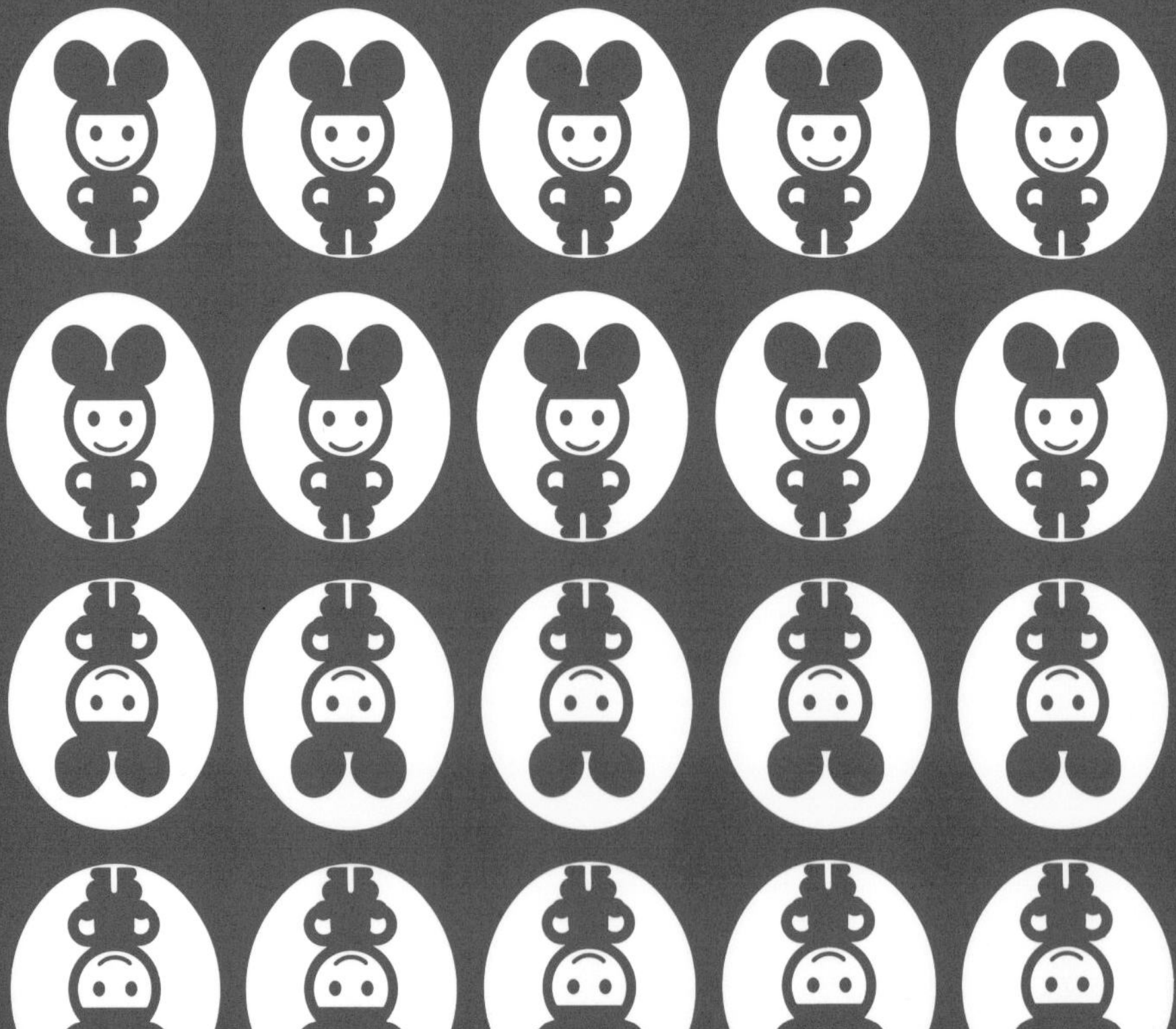